J'ai un rhume

Christine Taylor-Butler

Illustrations de Carol Koeller

Texte français de Claude Cossette

Éditions
SCHOLASTIC

Catalogage avant publication de Bibliothèque et Archives Canada

Taylor-Butler, Christine

J'ai un rhume / Christine Butler-Taylor ; illustrations de Carol Koeller ;
texte français de Claude Cossette.

(Je veux lire)
Traduction de: Ah-choo.
Niveau d'intérêt selon l'âge: Pour les 3-6 ans.

ISBN 978-0-545-99196-4

I. Koeller, Carol II. Cossette, Claude III. Titre. IV. Collection: Je
veux lire (Toronto, Ont.)

PZ23.T394Ja 2008   813'.6   C2008-903660-3

Édition publiée par les Éditions Scholastic, 604, rue King Ouest, Toronto (Ontario) M5V 1E1.

5 4 3 2 1   Imprimé au Canada   08 09 10 11 12

Note à l'intention des parents et des enseignants

Dès que l'enfant sait reconnaître les 44 mots utilisés pour raconter cette histoire, il peut lire le livre en entier. Ces 44 mots apparaissent tout au long de l'histoire pour que les jeunes lecteurs puissent facilement les retrouver et comprendre leur signification.

atchoum	dix	maman	pour
au	est	merveilleuse	quatre
bol	garde	moi	sept
câlins	histoires	mon	six
casse-tête	huit	monter	société
château fort	j'ai	neuf	soupe
cinq	jeux	oreillers	tasses
couvertures	journées	oursons	terminé
de	la	papa	tisane
des	lit	passé	trois
deux	livres	plus	un

Atchoum!

5

Un bol de soupe.

Deux tasses de tisane.

Trois jeux de société.

Quatre casse-tête pour moi!

Atchoum!

Cinq livres d'histoires.

Six oursons pour monter la garde

Sept couvertures.

Huit oreillers.

Mon château fort est terminé!

Atchoum!

25

Neuf câlins de maman.

Dix câlins de papa.

J'ai passé la plus merveilleuse
des journées au lit.

JE VEUX LIRE